나는 당신이 설레었으면 좋겠습니다

나는 당신이
설레었으면
좋겠습니다

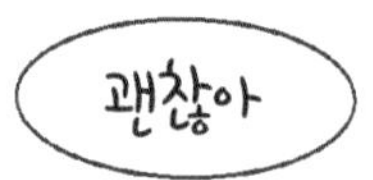

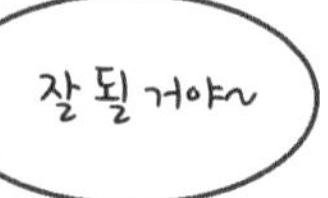

파이팅!!!

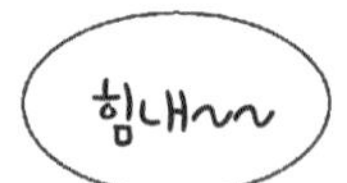

남의 위로가 더 이상 위로가 되지 않을 때가 있다.

프롤로그

#카르페디엠 #아모르파티

『나는 당신이 설레었으면 좋겠습니다』에서 '당신'은 바로 '나' 자신이다.
언제부터인가 설렘이란 감정이 희미해져 가는 나를 보며
그런, 지친 '나'에게 전하는 셀프-위로 메시지이다.

힘든 이별에 상실감을 겪어내는 고통도
어느덧 무뎌져 간다는 것을 알았다.

#현재를즐기고 #운명을사랑하라

셀프-위로는 4단계의 과정을 거치게 된다.

① 수용의 단계
② 애도의 단계
③ 휴식의 단계
④ 부축의 단계

나는 이 4단계 과정들이 뒤죽박죽 섞여 하루하루를 살게 하고
나의 삶에서 긍정의 힘을 갖게 해주고
버틸 수 있게 해준다는 것을 깨달았다.

억지로 되지 않는 건

어쩔 수 없다.

굳이 애쓸 필요도 없다.

내가 나에게 감동하는 순간, 진짜 위로가 된다.

목차

01

순간의 선택이 삶을 결정한다!

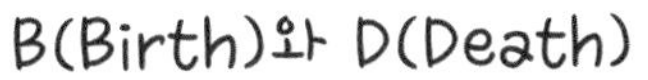

사이의

C(Choice)가

바로 인생이다!

선택한 순간들이 모두 모여
내 삶이 되기 때문이다.

졸려도 꾸준히!

빡세게 공부

아~ 5분만 ㅠ

하지만, 선택 앞에서는 늘

고민과 갈등을 하게 된다.

난 누구?

여긴 어디?

END

지금도 …
순간순간, 최선의 선택으로
나의 삶을 만들어가는 중이다.
집중
마지막 한 발

오늘도

"하쿠나마타타"

02
행운의 달은 언제나
죠습니다~ ♡
월척?

불타올랐던 새해를 지나 ...
1
6

다짐했던 계획과 목표들
흔적도 없이 사라진다.

그.러.나!!!

아직, 남아있는 날들이 있기에

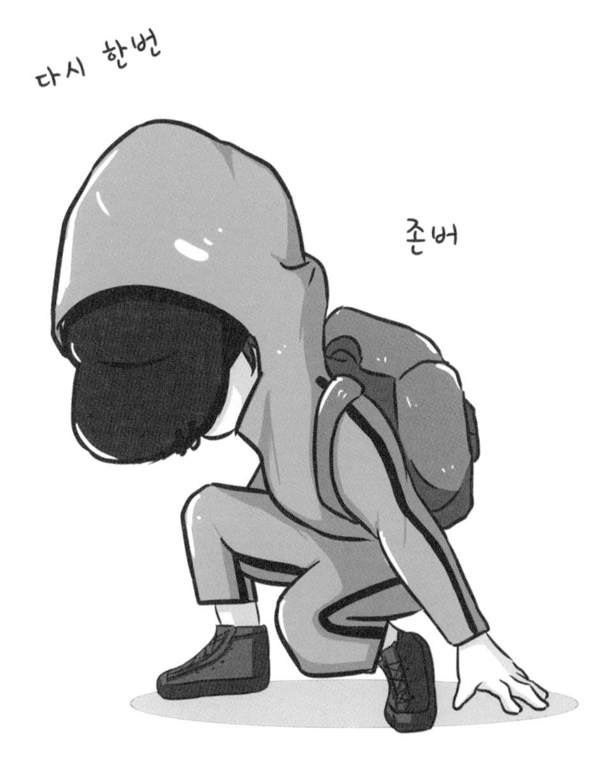

언제나

행운이 함께하길

03

길을 잃고 헤매도 좋을
참나무 숲속 길…

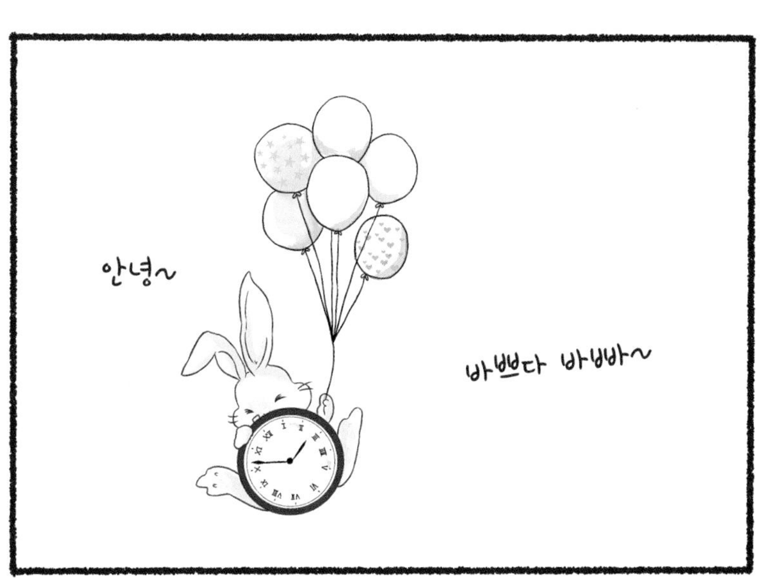
안녕~
바쁘다 바빠~

이세계로 데려다 줄
'시계토끼'를
만날 수도 있고
안녕~ ♡

"여기서 어느 길로 가야 하는지 좀
가르쳐줄래?"

"그건 네가
어디로 가고 싶은가에
달렸지."

팩폭 고양이를 만날 수도 ㅠ

"넌 어디든 도착하게 되어있어."

"계속 걷다 보면
어디든 닿게 되어있거든."

04
쉼,
어떤 것으로부터 자유로워지는 것

산책 나갈 운동화를 고르다

문득,

'아, 신발도 고생이 참 많겠구나!'

라는 생각이 들었다.

그동안 나와 함께 걸어준
신발에게…
흠…

너도 좀, 쉬렴.
내가 해줄 수 있는 건
잠깐의 자유를 주는 것.

그러나, 자유를 얻은 건
신발이 아니었다.
가벼워
야호~
폴
짝

뭐지? 이 가볍고 홀가분한
느낌은?

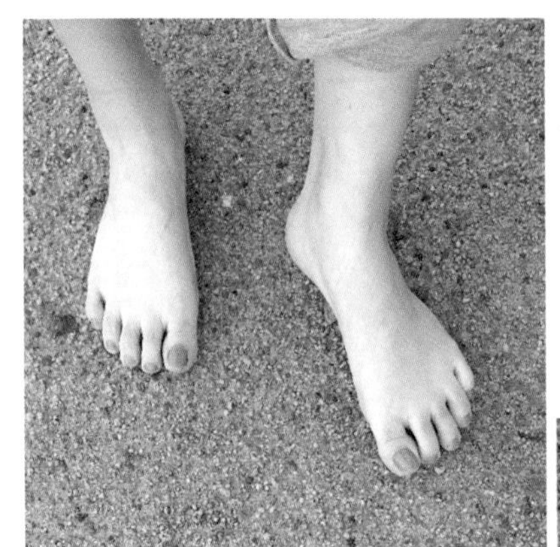

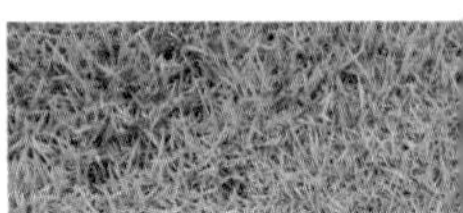

새벽이슬 머금은 잔디는

생각보다 포근포근하다~

오늘도 나를 위해 묵묵히

함께해준 것들에 대한

소중함과 고마움들이 느껴진다.

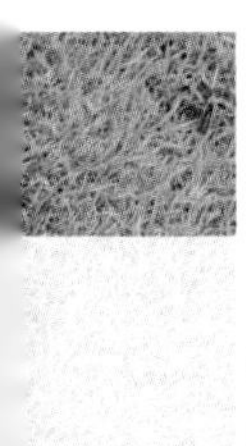

맨발의 자유를 얻은 어느 날,

서로 잠깐 쉬어가는 것도

참~ 좋다~

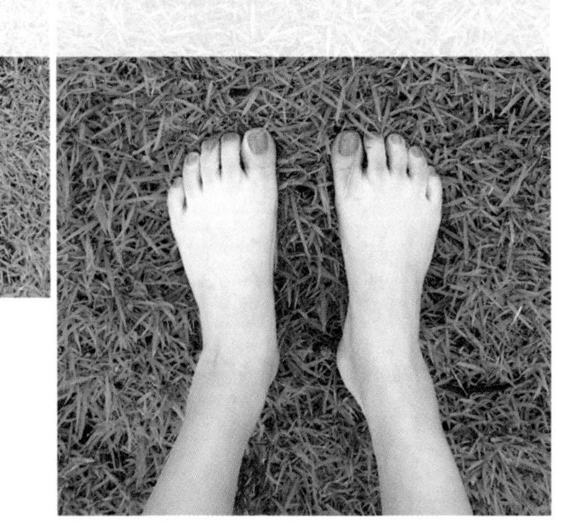

05
우린 지금 어디쯤 와 있을까요?

"2~3일 정도면
필 거예요^-^"
꽃

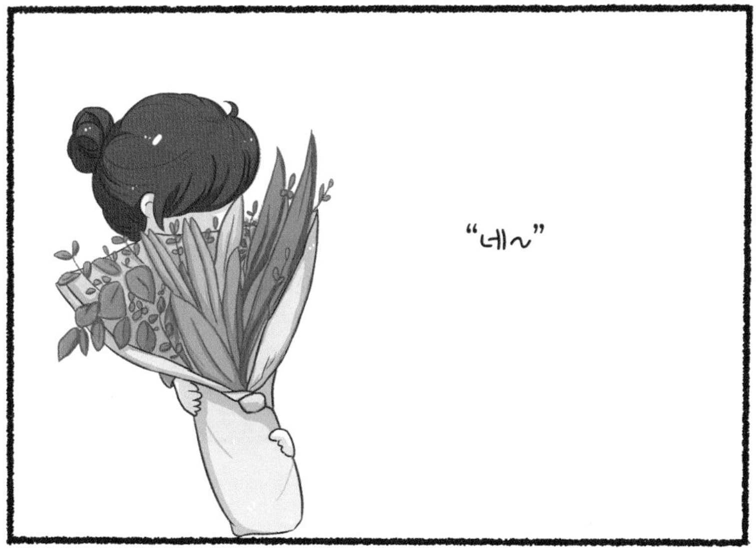
"네~"

"흠… 5일째, 넌 언제쯤 피는 걸까?"

…

"아직 봄이잖아."

"천천히 기다리면

가을에 가장 예쁘게 필 거야."

"아직 꽃피지 않았다고
초조해 하지 않아도 된다!
나는 아직, 가을로 가는 중일 테니까…."

서두르지 말고, 멈추지도 말고~

지금처럼만!

06
강력해진
나의 무적 왼팔

"히어로들은 자신만의

상징적인 무기가 있다!

마블의 캡틴 아메리카가 사용하는

방패는

그 어떤 무기로도 흠집조차 내지 못한다."

내가 맞은 백신도,

강력한 방패가 되어

나와 모두를

지켜주었으면 좋겠다.

아플까 봐 걱정했는데…

1도 안 아파서 더 신경 쓰였던 하루….

"아주 긴~ 하루였지만
꿀잠으로 해피엔딩 ♡"

07
어느 해보다 뜨거웠던 여름이 끝났다!

알 수 없는 미래에 기대하기보다는,

어쩔 수 없었던 현실에 타협했던 계절.

풍경이 힘든 날처럼 펼쳐질 때면

어른이 되지 않고 늙지 않는

나의 네버랜드로… 간다.

"네가 꿈을 꾸지 않는 한,
꿈은 절대 시작되지 않는단다.
언제나 출발은
'바로 지금, 여기'야."
엄마~

한 알의 모래에서
우주를 보고
들판에 핀 한 송이 꽃에서
천국을 본다
그대의 손바닥에
무한을 쥐고
찰나의 시간 속에서
영원을 보라
- 〈순수의 전조〉 中

08
사람들은 각자의 시간과
속도로 걸어간다.

미루고 미루다

그저 시간만 낭비하다

끝날 것 같은 것들이 있다.

오늘만 하고 끝내자
스킨스쿠버풀장
잠실스킨스쿠버다이빙스쿨
무서워 ㅠ
하…
내가 왜 한다고
했을까?

1년만에 온 잠실 스쿠버다이빙 수영장
수심 5m,
깊…다.

일반 수영장도 아직 익숙하지 않은 나에겐
스쿠버다이빙 수영장은 깊은 바닷속
심해와 같은 곳이다!

물속에서 나의 속도는 무척이나 느리지만,

시도해보지 않고는 내가 얼마만큼

해낼 수 있는지 알지 못한다!

무슨 일이든 느리더라도 꾸준히 하다 보면,

기대하지 않았던 곳에서

기대 이상의 결과가 나올 때가 있다!

견뎌보니까 오더라,

좋은 순간이~

Thank you.

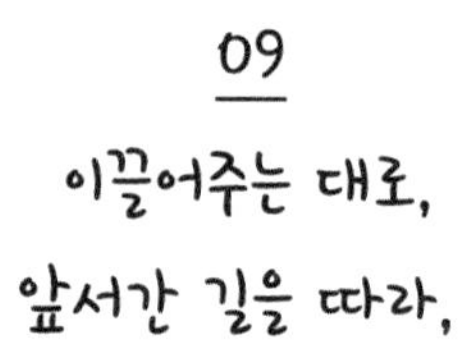

한 발 한 발 따라가 봅니다~!

근자감

뭐든 시작하기 전에 약간의 만만함이 있다.

'다들 하는데… 나도 하겠지'라는

근거 없는 자신감이다.

현자타임

운동기술은 한번 몸에

익숙해지면

생각하지 않아도

반사적으로 해낸다고 한다.

하지만,

난 손과 발이 머리와

한 세트인 게 함정이다.

머릿속으로 기억나지 않으면,

몸이 기억을 못 하는 듯싶다 ㅠㅠ

나에 대한 기대치 마이너스,

나의 변화를 알 수 있는 유일한 증좌!

로그북_01

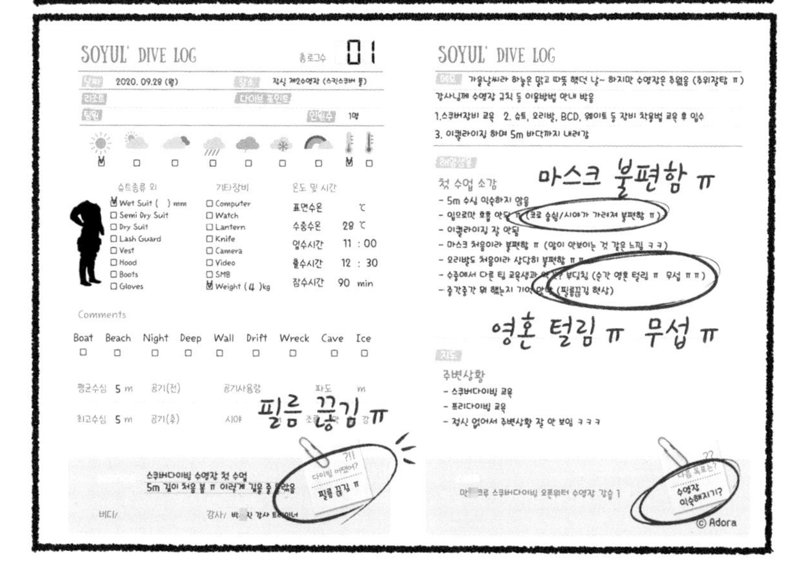

항상 제자리에 있을 줄 알았는데,

첨으로 재밌*^-^ *

로그북_02

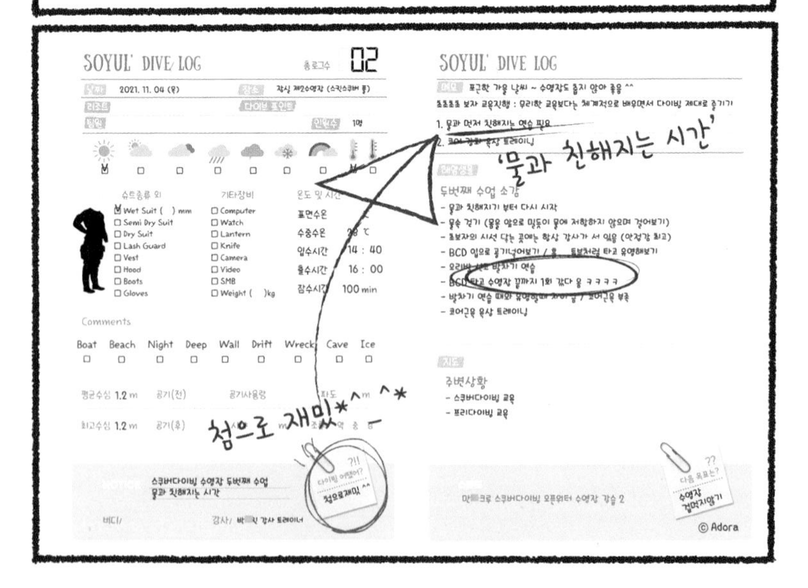

내가 생각했던 나보다

나는 많이 변하고 있는 듯하다 ㅋ

로그북_03

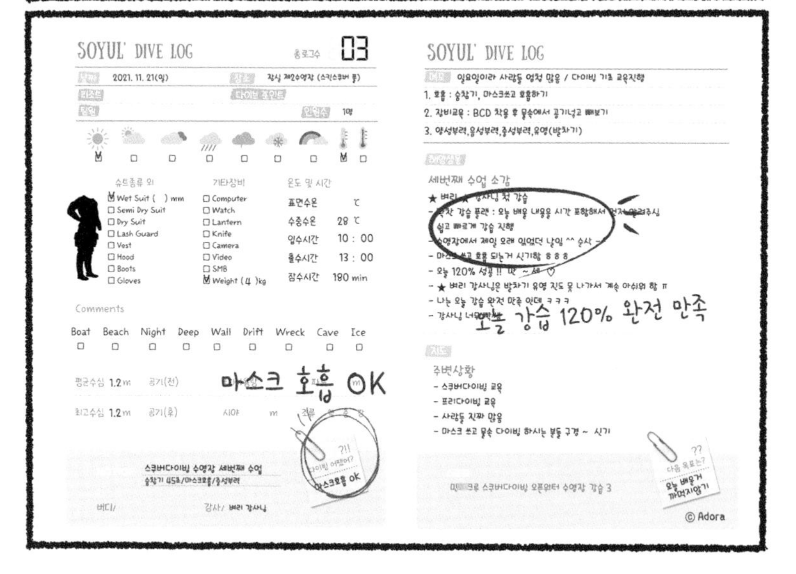

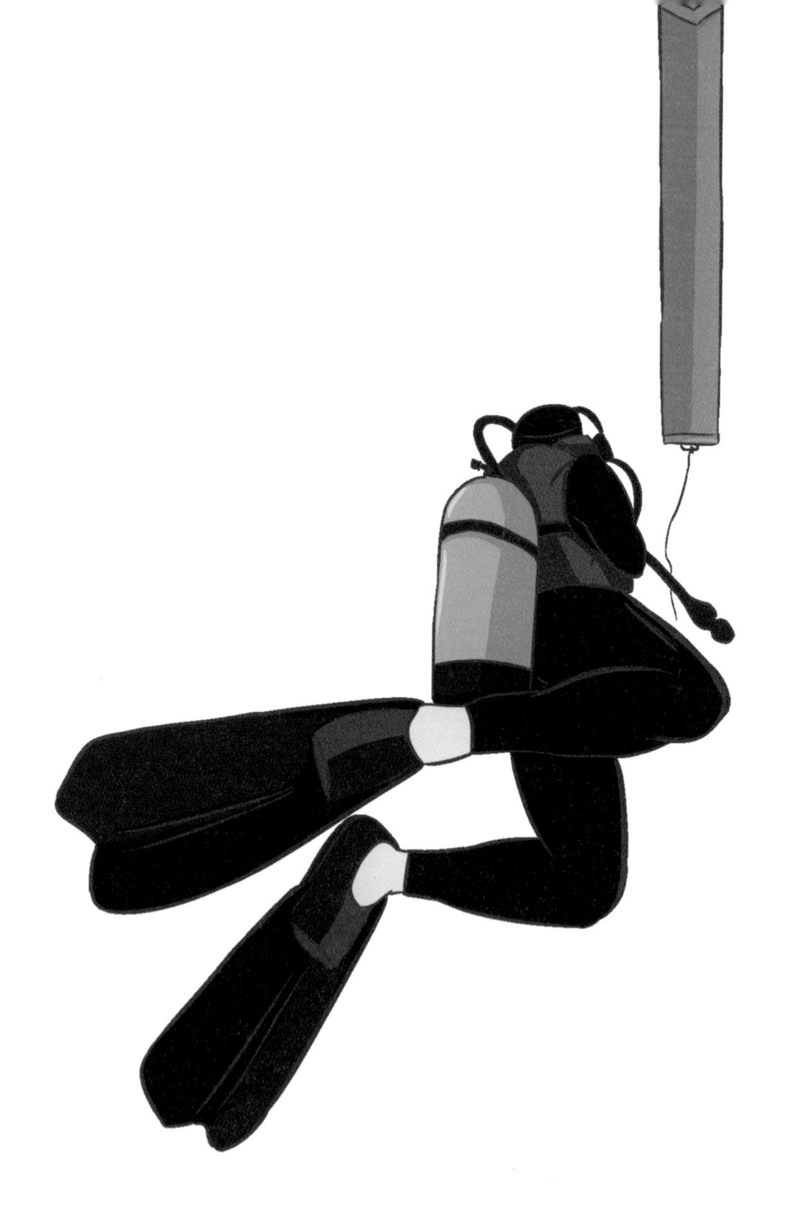

아직 목표도 없고,

어디로 가야 할지 모르지만,

앞서간 사람들의 멋진~ 뒷모습을 보며

그냥, 이끄는 대로 가보는 걸로….

2021년 11월 21일 (일)

10
촉촉한 산행길

해발고도 1,947m 한라산 백록담
눈물겨운 3번째 도전, 그리고 완등
비와 함께한 11시간의 촉촉한 산행길~

생각만 해도
가슴 웅장해지는 한라산 백록담
2018년부터 2021년
4년 동안 3번의 도전!!!

한국인의 국룰 삼세판

더 이상 물러설 수 없다면

이제 나는 No~ 빠꾸다!

삼세판의 세 번째는 승부를 가를 수 있는,
끝장을 볼 수 있는,
초인적인 힘을 발휘할 수 있는
마지막 기회이기도 하다.

호기롭게 시작했던 마음과는 달리

무거워지는 팔과 다리에

앞으로 나아가지도,

뒤로 물러서지도 못한 채

주저앉고 싶고,

무모한 도전에 후회하기도 한다.

진달래밭 대피소!

일단 먹고, 심기일전~

등산길의 대피소는 흩어진 마음을

다시 잡기 딱 좋다 ㅎ

정상 바로 밑은

눈과 비가 안개처럼 내리고

앞이 보이지 않을 정도로 험하고 또 험하다.

오롯이 믿을 수 있는 건 마지막 한 발

무거웠던 발걸음을 한 발씩 내디딜 수 있게

만들어준 삼세판의 마지막 도전!

기적이라고 쓰고 싶당 ㅋㅋㅋ

#제주

#한라산백록담

#성판악코스

#혼자등산하기

#여행이좋다

白鹿潭
한라산천연보호구역

11

달콤한 인생~♡ 달콤한 꿈 이야기

어느 깊은 가을밤,

잠에서 깨어난 제자가 울고 있었다.

그 모습을 본 스승이 기이하게 여겨

제자에게 물었다.

"무서운 꿈을 꾸었느냐?"

"아닙니다."

"슬픈 꿈을 꾸었느냐?"

"아닙니다."

"달콤한 꿈을 꾸었습니다."

"그런데 왜 슬피 우느냐?"

제자는 흐르는 눈물을 닦아내며

나지막이 말했다.

"그 꿈은 이루어질 수 없기 때문입니다."

– 영화 <달콤한 인생> 中

간만에 폭풍 꿀잠~

머릿속이 터~엉 빈 느낌이다!
새나라의 새사람 된 기분*^_^*

달콤한 인생~♡

달콤한 꿈 이야기

"이룰 수 없는 꿈을 꾸고,

이루어질 수 없는 사랑을 하며,

이길 수 없는 적과 싸우고,

견딜 수 없는 고통을 견디며,

잡을 수 없는 저 하늘의 별을 잡자."

- 미겔 데 세르반테스

12

스쿠버 다이빙! 뜻밖의 재능 발견

잠실 수영장 수심 5m도 찍고,

뜻밖의 재능도 발견한^^;

아주 완벽했던 날~ ♡

수영장 사다리를 이용하여

물속으로 내려가기.

한 계단에 한 번씩,

이퀄라이징!

체험다이빙은 수심 5m
오픈워터 라이센스는 18~20m

사다리 마지막 계단과

수영장 바닥은 꽤~ 멀다.

발이 바닥에 닿지 않았다.

(짧은 다리 어쩔ㅠ)

허걱!!!
하찮은 발버둥

바닥에 절대 내려가지

못한다는 굳은 의지로

나는 사다리와 한몸이 되었다~

생존본능이 이렇게나 무섭다.

없는 재능이 막 생김 ㅋㅋㅋ

결국, 강사님 손에 이끌려
완벽한 마무리~!*^_^*

"그러나 견뎌낼 것이고
결국에 지나갈 것이며
끝내 답을 찾을 것이다."
- 못말

13

"스무 번 넘게 물어볼게요,
괜찮은지 ···."

'괜찮아요?'

'스무 번 넘게 괜찮은지 물어본다'는 뜻은,

네가 '괜찮지 않다'라고 하면,

우리는 앞으로 나가는 것을

여기서 잠시 멈출 것이고,

네가 괜찮아질 때까지

기다릴 거라는 뜻일 것이다.

'하강합니다.'

내가 '괜찮다'고 끄덕이며,

힘겨운 한 발을 내디딘다면,

우린 온 힘을 다해

네가 조금 더 앞으로 함께

나아갈 수 있게 해주겠다는

뜻도 있었을 것이다.

'상승합니다.'
KIM STAR
MANTA CREW

같이 멈춰주고, 기다려주고,

손 내밀어 이끌어주는,

'괜찮냐'라는 말.

참 괜찮은 말인 것 같다.

14

버디와 함께 스쿠버다이빙~♡

수영도 같이 배우고,
스쿠버도 함께하지만
우리는 둘 다 물을 무서워 한다 ㅋㅋㅋ
MANTA CREW
2년 만에 수영장 옴 ㅠ

버디와 다이빙 전 점검(ABCDE)

- 탱크 밸브 개방(Air On)
- 부력조절기 공기 주입(BCD Inflated)
- 컴퓨터 작동 확인(Computer On)
- 다이빙 장비 착용(Dive Gear On)
- 입수(Enter the Water)

어설펐지만 그래도 입수완료 ㅎ
완벽하진 않았지만
그래도 뿌듯!

잘했어요~
MANTA CREW
SCUBA & FREE DIVING
쓰담~ 쓰담~
하…

전장에서 살아 돌아온 용사들처럼
끝났다는 안도감과 함께
끈끈한 전우애가 생긴 느낌이다.

15

상실

상실(喪失)의 사전적 의미는 이렇다.

1. 어떤 사람과 관계가 끊어지거나 헤어지게 됨.

2. 어떤 것이 아주 없어지거나 사라짐.

상실이라는 아주 낯선 감정과

처음으로 마주쳤다.

이것은 아주 고약하고 몹쓸

'슬픔'과 함께 오는데

우리는 자신만의 속도로

이 슬픔을 통과해야 한다.

나는 지금, 너무 느리지도,

그렇다고 너무 빠르지도 않게

내 속도로 가고 있는 중이다.

#아빠

#저는잘지내고있습니다

16
마지막 가족여행

새벽을 가르며 달려온 속초는

마지막 가족여행지가 되었다.

만물이 겨울잠에서 깨어난다는 경칩,

2022년 3월 5일

바다를 보며 영원히 잠든 영혼에게

부디,
좋은 곳에서 다시 깨어나셨기를….

처음 혼자서 자전거 타던 날

시간이 지나도 잊지 못하는

설레었던

날들이 있다.

따르릉

따릉~

18

아빠 오토바이로 동네 한 바퀴

* 아빠의 100cc 오토바이(나 고2)

오토바이를 타고 일터로 향하시던

아빠의 모습이 늘 멋져 보였다.

"천천히, 천천히~

우리 딸 잘하고 있어."

(하고 싶다면 뭐든 다 해주셨던 분)

19

아찔했던 첫 다이빙 입수

해양강습으로 갔던 '보홀'
방카(필리핀 배)와 바다 사이는
약 1m 남짓 되는 높이

10여 분 동안 강사님과 스탭들의
애를 태웠다.

'하나 두울 셋'을 함께 외치며
몸을 허공에 밀어 넣었고
그대로 바다로 '퐁당'

해보니 '해볼 만하네!'

아찔했던 그 순간이 아직도 설렌다.

20

날았다

익숙함…

첫 다이빙

아찔했던 첫 입수

그 익숙함에 속아

소중했던 첫날을 잃지 않기를 바란다.

나는 내가 설레었으면 좋겠다.

(2023년 8월, 수심 약 40m&조류 다이빙)

나는 당신이 설레었으면 좋겠습니다

초판 1쇄 발행 2023년 10월 20일

글·그림 Adora(선소율)
펴낸이 류태연

펴낸곳 렛츠북
주소 서울시 마포구 양화로11길 42, 3층(서교동)
등록 2015년 05월 15일 제2018-000065호
전화 070-4786-4823 | **팩스** 070-7610-2823
홈페이지 http://www.letsbook21.co.kr | **이메일** letsbook2@naver.com
블로그 https://blog.naver.com/letsbook2 | **인스타그램** @letsbook2

ISBN 979-11-6054-664-4 03810